DATE DUE

La ciencia de los seres vivos

¿CÓMO ENCUENTRAN ALIMENTO LOS ANIMALES?

Bobbie Kalman

Crabtree Publishing Company

www.crabtreebooks.com

Serie La ciencia de los seres vivos
Un libro de Bobbie Kalman

Para mi adorable nieto
Sean Lorne

Autora y editora en jefe
Bobbie Kalman

Investigación
Kathryn Smithyman
Heather Levigne

Editores
Heather Levigne
Kathryn Smithyman
John Crossingham
Amanda Bishop

Diseño por computadora
Kymberley McKee Murphy

Coordinadora de producción
Heather Fitzpatrick

Consultora
Patricia Loesche, Ph.D., Programa
sobre el comportamiento de animales,
Departamento de Psicología,
University of Washington

Consultor lingüístico
Dr. Carlos García, M.D., Maestro bilingüe de Ciencias, Estudios Sociales y Matemáticas

Fotografías
Joe McDonald Wildlife Photography: Joe McDonald: página 18
Photo Researchers Inc.: Tom McHugh: página 15
Roger Rageot, David Liebman: página 19
Tom Stack & Associates: Jeff Foott: página 28; Thomas Kitchin: página 1; Kitchin and Hurst:
    página 20; Joe McDonald: páginas 21 y 25 (parte inferior); Dave Watts: página 29
Otras imágenes de Adobe Image Library y Digital Stock

Ilustraciones
Barbara Bedell: páginas 5 (centro), 6 (parte inferior central), 19 (partes superior derecha e inferior),
    26 (parte izquierda central), 31
Cori Marvin: página 17 (derecha)
Jeanette McNaughton-Julich: página 28
Margaret Amy Reiach: página 24 (partes superior derecha e izquierda)
Bonna Rouse: páginas 5 (parte inferior), 6 (partes inferior derecha e izquierda), 7, 8, 9, 12, 15, 17
    (izquierda), 19 (parte superior izquierda), 24 (parte inferior), 26 (partes inferior derecha e izquierda), 29

Traducción
Servicios de traducción al español y de composición de textos suministrados por translations.com

Library and Archives Canada Cataloguing in Publication

Kalman, Bobbie, 1947-
    ¿Cómo encuentran alimento los animales? / Bobbie Kalman.

(La ciencia de los seres vivos.)
Includes index.
Translation of: How do animals find food?.
ISBN 978-0-7787-8768-6 (bound).--ISBN 978-0-7787-8814-0 (pbk.)

    1. Animals--Food--Juvenile literature. 2. Animal behavior--
Juvenile
literature. I. Title. II. Series: Ciencia de los seres vivos

QL756.5.K3418 2007   j591.5'3   C2007-904815-3

Library of Congress Cataloging-in-Publication Data

Kalman, Bobbie.
    [How do animals find food? Spanish]
    Como encuentran alimento los animales? / Bobbie Kalman.
        p. cm. -- (La ciencia de los seres vivos)
    Includes index.
    ISBN-13: 978-0-7787-8768-6 (rlb)
    ISBN-10: 0-7787-8768-0 (rlb)
    ISBN-13: 978-0-7787-8814-0 (pb)
    ISBN-10: 0-7787-8814-8 (pb)
    1. Animals--Food--Juvenile literature. I. Title. II. Series.

QL756.5.K35 2007
591.5'3--dc22
                                                          2007031234

Crabtree Publishing Company

www.crabtreebooks.com   1-800-387-7650
Copyright © **2008 CRABTREE PUBLISHING COMPANY**. Todos los derechos reservados. Se prohíbe la reproducción total o parcial de esta obra, su almacenamiento en un sistema de recuperación o su transmisión en cualquier forma y por cualquier medio, ya sea electrónico o mecánico, incluido el fotocopiado o grabado, sin la autorización previa por escrito de Crabtree Publishing Company. En Canadá: Agradecemos el apoyo económico del gobierno de Canadá a través del programa *Book Publishing Industry Development Program* (Programa de desarrollo de la industria editorial, BPIDP) para nuestras actividades editoriales.

Publicado en Canadá
Crabtree Publishing
616 Welland Ave.
St. Catharines, ON
L2M 5V6

Publicado en los Estados Unidos
Crabtree Publishing
PMB16A
350 Fifth Ave., Suite 3308
New York, NY 10118

Publicado en el Reino Unido
Crabtree Publishing
White Cross Mills
High Town, Lancaster
LA1 4XS

Publicado en Australia
Crabtree Publishing
386 Mt. Alexander Rd.
Ascot Vale (Melbourne)
VIC 3032

Contenido

¿Por qué comen los animales?   4

¿Cómo encuentran alimento los animales?   6

Alimento para animales simples   8

Gusanos de todo tipo   9

¿Cómo encuentran comida los moluscos?   10

Cangrejos cazadores y carroñeros   11

Insectos omnívoros   12

Trampas y veneno   14

El alimento de los peces   16

El alimento de los anfibios   19

Reptiles cazadores   20

¡Todo está en el pico!   24

Alimento para los mamíferos   26

Ecolocación para encontrar alimento   28

¿Dónde están mis herramientas?   29

¿Cómo encuentran alimento los humanos?   30

Competir por el alimento   31

Palabras para saber e índice   32

¿Por qué comen los animales?

Los animales son seres vivos. Todos los seres vivos necesitan **energía** para sobrevivir. El alimento les da la energía que necesitan para crecer, moverse, hacer un hogar, tener crías y defenderse.

El tipo de alimento que un animal come depende del lugar donde vive. Para obtener alimento, los animales pueden cazar en pastizales, nadar en la profundidad del océano o atrapar alimento en el aire. La forma en que los animales encuentran alimento también depende de cómo esté formado su cuerpo. El cuerpo de un animal está **adaptado** o es adecuado para el tipo de alimento que come. A medida que el tiempo pasa, los grupos de animales desarrollan características físicas, como mandíbulas fuertes o patas largas, que les facilitan encontrar y atrapar alimento.

Algunas aves tienen patas y picos más largos que otras. Las patas largas y el pico largo le permiten a esta ave alcanzar el alimento debajo del agua sin mojarse el cuerpo.

Dietas y nombres diferentes

Los animales que comen plantas, frutos, semillas o **néctar** de las flores se llaman **herbívoros**. Los **carnívoros** son animales que comen otros animales. Si un animal come tanto plantas como animales, se llama **omnívoro**. Los animales que se alimentan principalmente de insectos se llaman **insectívoros**. Muchos animales son **oportunistas**, es decir, comen cualquier alimento que encuentran. Los **carroñeros** se alimentan de animales muertos que los carnívoros matan. Los **descomponedores** comen las sobras de plantas y animales muertos. Cumplen una función importante en la limpieza de la tierra.

Los rinocerontes son herbívoros que comen pastos.

Los osos comen plantas, peces o cualquier alimento que encuentren.

Cadenas alimentarias

Toda la energía proviene del sol. Las plantas usan la energía del sol para producir alimento. Cuando un herbívoro come una planta, la energía de la luz solar pasa al cuerpo del animal. Cuando un carnívoro come un herbívoro, la energía pasa al cuerpo del carnívoro. Este modelo de comer y ser comido se llama **cadena alimentaria**. Las zonas donde viven los animales se llaman **ecosistemas**, y se diferencian por su suelo, clima y vida vegetal. En cada ecosistema hay cadenas alimentarias únicas. En los bosques, los ratones comen bayas y luego las águilas se comen los ratones. En las sabanas africanas, las cebras comen pastos, los leones comen cebras y los buitres limpian las sobras.

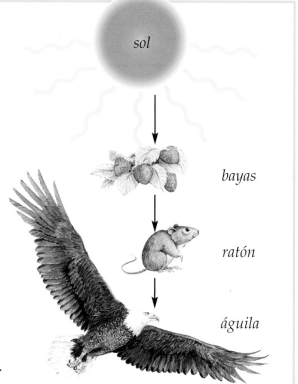

sol

bayas

ratón

águila

¿Cómo encuentran alimento los animales?

Hay animales de todos los tamaños, formas y colores. Algunos tienen un esqueleto duro en el exterior del cuerpo. Otros tienen un esqueleto sostenido por una **columna vertebral**. Los insectos, los gusanos, las medusas, los tiburones, las ballenas, las aves, las serpientes, los cangrejos, las ranas y los monos son todos animales. Tienen cuerpos diferentes y modos distintos de encontrar alimento. Dependen de sus sentidos para localizar el alimento y luego usan sus propios métodos especializados para obtenerlo.

Esperar el alimento

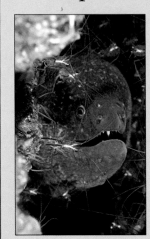

Muchos animales esperan a que el alimento se les acerque. Ponen trampas para sus presas o se esconden entre plantas o rocas. Esta morena se esconde en un arrecife de coral.

Camuflaje

Las marcas o los colores que le permiten a un animal confundirse con su entorno se llaman **camuflaje**. Los camaleones pueden cambiar el color del cuerpo para imitar hojas o rocas. Luego se quedan quietos y esperan a su presa.

Hibernación

Durante los inviernos fríos es difícil encontrar alimento. Algunos animales como las ranas y las ardillas, **hibernan** o duermen hasta la primavera. Durante este profundo sueño, el animal usa la energía alimentaria almacenada en la grasa del cuerpo.

Producción

A veces, la mejor forma de obtener alimento es hacerlo uno mismo. Las abejas producen alimento con el néctar que sacan de las flores. Guardan la miel en panales de cera para tener alimento suficiente durante el invierno.

Migración

Muchos animales, como las aves y las ballenas, **migran** o viajan largas distancias todos los años para encontrar alimento. La golondrina de mar vive en el Ártico en verano, pero caza en América del Sur en invierno.

Señuelos

Algunos depredadores son muy lentos para perseguir a sus presas, por lo que usan señuelos para atraerlas. El rape tiene un apéndice en la cabeza similar a un bocado de alimento. Cuando un pez curioso se acerca, el rape lo atrae a su boca.

Veneno

Algunos animales usan veneno para **paralizar** a su presa. Las serpientes **venenosas** tienen colmillos huecos y filosos. Cuando muerden un animal, el veneno sale por los colmillos y entra en el animal.

Pastar y desramar

Los animales que **pastan** comen hierbas, y los que **desraman** comen hojas y otras partes de los árboles. Las jirafas desraman. Gracias a sus largos cuellos, pueden comer las hojas de árboles altos que otros animales no alcanzan.

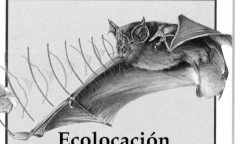

Ecolocación

Los murciélagos y los delfines emiten sonidos agudos que hacen **eco** o rebotan en los objetos. Al escuchar estos ecos con su excelente sentido del oído, los murciélagos pueden encontrar los insectos que cazan. Este método para localizar alimento de llama **ecolocación**.

Simbiosis

Los animales que tienen **relaciones simbióticas** se ayudan el uno al otro. Los insectos muerden a este hipopótamo, por eso este permite que un ave se pose en su lomo y se coma los insectos. El hipopótamo obtiene una limpieza, y el ave encuentra comida.

Alimento para animales simples

Los **animales simples** no tienen cabeza ni cerebro, ni sentido del olfato, del gusto, de la vista ni del oído. Las esponjas, los abanicos de mar, las anémonas de mar y las estrellas de mar son animales simples. Aunque no tienen cerebro, sus cuerpos están hechos para que puedan atrapar alimento.

¡No puedo moverme!

Las esponjas viven bajo el agua. Sus cuerpos están pegados a rocas o a otras superficies duras y no pueden moverse. Comen succionando agua y colando los trocitos de alimento que hay en ella. Los abanicos y las anémonas de mar también viven en un mismo lugar. Estos animales tienen solamente un estómago y tentáculos urticantes. Usan los tentáculos para atrapar y aturdir a los peces.

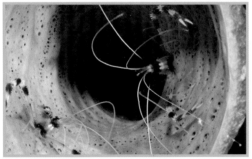

Las esponjas esperan a que el alimento se les acerque.

Cinco patas y una boca

Las estrellas de mar cazan su alimento. Tienen "patas" pequeñas en forma de tubos huecos que actúan como ventosas

y que se adhieren a sus presas, como a los mariscos. Para abrir sus presas, usan las "patas". Esta estrella de mar atrapó un pez pequeño.

Los tentáculos de la anémona de mar tienen aguijones que paralizan a los peces pequeños.

Gusanos de todo tipo

Hay miles de tipos de gusanos. Los gusanos son **invertebrados**. Los animales invertebrados no tienen columna vertebral. La mayoría de los gusanos vive debajo de la tierra, pero algunos viven debajo del agua. Muchos gusanos, como la tenia, son **parásitos**. Obtienen los nutrientes alimentándose del cuerpo de otro animal o **huésped**.

A comer tierra

Como las lombrices viven debajo del suelo, hacen túneles tragando tierra. La tierra que entra en el cuerpo de una lombriz es rica en nutrientes y la lombriz los absorbe como alimento. Luego expulsa la tierra, dejándola tras de sí en montoncitos llamados **deposiciones**. Las deposiciones y los túneles de las lombrices enriquecen el suelo con nutrientes y oxígeno.

Gusanos mojados

Los gusanos que viven debajo del agua se llaman gusanos **marinos**. Algunos gusanos marinos tienen diminutas patas erizadas que les permiten moverse en el agua. Las mandíbulas fuertes les permiten comer animales pequeños. Muchos gusanos marinos son carroñeros y ayudan a limpiar el lecho marino comiendo criaturas muertas.

Los gusanos plumero se quedan anclados en un lugar durante toda la vida. Esperan que el alimento pase a su lado y lo atrapan con sus tentáculos plumosos, del mismo modo que un plumero atrapa el polvo.

¿Cómo encuentran comida los moluscos?

Las almejas, las ostras y las vieiras (que se muestran arriba) tienen dos valvas que se abren y cierran para protegerlos. Se alimentan dejando pasar el agua al interior de las valvas y colando trocitos de plantas y animales.

Los moluscos son animales como las babosas, los caracoles, las almejas y los calamares. Al igual que los gusanos, los moluscos tienen un cuerpo blando y no tienen esqueleto. Algunos son herbívoros y otros son cazadores.

A paso lento

Las babosas y los caracoles se arrastran por el suelo y las plantas buscando alimento y comiéndolo a su paso. La mayoría come plantas, pero algunos son carnívoros. Comen presas lentas, como lombrices y otras babosas.

Rápidos y astutos

Los pulpos, los calamares y las sepias son excelentes nadadores y pueden moverse muy rápidamente para escapar del peligro o perseguir una presa. Las sepias y los pulpos usan camuflaje para esconderse mientras esperan a sus presas. Pueden cambiar el color del cuerpo para confundirse con el entorno.

(izquierda) El pulpo tiene un cuerpo redondo y ocho tentáculos con ventosas que atrapan las presas. Este pulpo usa sus fuertes mandíbulas para triturar un cangrejo.

Cangrejos cazadores y carroñeros

Un **artrópodo** es un animal que tiene un cuerpo blando cubierto por un **exoesqueleto** duro. Este grupo tiene más clases de animales que cualquier otro grupo e incluye a los cangrejos, los insectos y las arañas.

Las langostas viven en el fondo del océano. Atrapan pequeños animales con sus garras afiladas. Las langostas incluso comen otras langostas. Son luchadoras feroces y defienden su hogar contra los enemigos. A menudo, el enemigo se convierte en la siguiente comida de la langosta. En lugar de cazar, algunos cangrejos esperan a que su presa se ponga a su alcance. Los cangrejos fantasma se esconden en la arena y sólo asoman los ojos para ver a sus presas. Los cangrejos también son carroñeros. Buscan en la arena trozos de animales que otros cazadores dejaron, como pedazos de peces que se les caen a las gaviotas.

Los cangrejos comen gusanos, caracoles, peces pequeños, reptiles acuáticos y ranas. Atrapan animales con sus garras fuertes.

Insectos omnívoros

Los insectos tienen antenas para oler las plantas. Algunos insectos son atraídos por las plantas de un determinado color.

Esta mariposa macaón del desierto tiene el sentido del gusto en las patas.

Los insectos son artrópodos de seis patas. Las pulgas, las hormigas, las moscas, las mariposas y las abejas son insectos, pero comen cosas diferentes. Las pulgas son parásitos que se alimentan de la sangre de otros animales. Los insectos que comen plantas las encuentran usando **antenas** sensibles. Las antenas son delgados órganos sensoriales móviles.

Órganos sensoriales en las patas

Las moscas y las mariposas usan sus patas para sentir si lo que pisan es alimento. Estos insectos tienen una saliva especial que descompone el alimento y lo **licua** o lo convierte en jugo. Luego succionan el jugo con su **probóscide** o largo aparato bucal tubular.

¿Que comen *qué*?

El escarabajo estercolero que se ve a la izquierda se alimenta del excremento de otros animales. Del excremento toma los frutos, las semillas y las plantas no digeridos, y los convierte en una bola que empuja para enterrarla en un lugar seguro. No muchos animales comen estiércol, de modo que hay mucho alimento para estos escarabajos.

La mantis religiosa pasa la mayor parte de su tiempo posada en total quietud en ramas o flores. Cuando una abeja u otro insecto se acercan lo suficiente, la mantis ataca rápidamente con sus gigantescas patas delanteras. Con ellas atrapa y tritura el insecto como un cascanueces.

Trampas y veneno

Como los insectos, las arañas inyectan saliva en sus presas para licuarles las partes internas. Luego succionan el jugo.

Los artrópodos con ocho patas se llaman **arácnidos**. Este grupo incluye los ácaros, los escorpiones, las arañas comunes y las **arañas segadoras** (arañas de patas largas). La mayoría de las arañas usa veneno para matar o paralizar a su presa. Las arañas que se alimentan de presas más grandes tienen un veneno más poderoso. Las arañas comen principalmente insectos como abejas, avispas, escarabajos, saltamontes y moscas.

¡Qué linda tela tejen!

Algunas arañas fabrican telarañas en las cuales atrapan a sus presas. Estas arañas ven poco, pero tienen un excelente sentido del tacto. Una araña tejedora espera hasta sentir que algo está luchando en su pegajosa tela. Una vez que la presa queda atrapada, la araña le inyecta veneno o la envuelve en una bolsa para comérsela más tarde.

¡Te atrapé!

Las arañas errantes atrapan sus presas **acechándolas** y **lanzándose** sobre ellas. Estas arañas tienen buena vista y son feroces cazadoras. Las arañas brasileñas comedoras de hormigas **imitan**, o se parecen a las hormigas, para poder introducirse en el territorio de las hormigas y cazarlas.

Pasar desapercibidos

Algunas arañas usan camuflaje para encontrar alimento. Estas arañas se esconden fácilmente porque sus cuerpos se confunden con el entorno.

En lugar de ir a buscar alimento, las arañas comen los insectos que se acercan a sus escondites. Cuando la presa está a su alcance, la araña se lanza sobre su víctima y le inyecta veneno.

Atrapar la presa

Algunos animales ponen trampas para sus presas. La araña trampa vive debajo de la tierra en una madriguera revestida y tapada con seda. Esta araña espera detrás de la puerta hasta que siente las vibraciones de la presa que pasa, y entonces salta para atraparla.

araña trampa

¡Tarántulas!

Las tarántulas viven en madrigueras debajo de la tierra y salen a cazar por la noche. Se mueven lentamente y por lo general, se quedan quietas hasta que la presa se acerca. Comen insectos, roedores y anfibios pequeños. Algunas tarántulas de América del Sur incluso comen pequeñas aves y serpientes de cascabel.

El nombre "tarántula" primero se dio a una especie de arañas lobo de Tarento (Taranto, en italiano), Italia. Se creía que la picadura de esta araña hacía que la víctima llorara, corriera y bailara descontroladamente. Ahora los científicos saben que la picadura de las tarántulas no es muy tóxica para los humanos, ¡aunque duele mucho!

El alimento de los peces

Los peces viven en el agua. Algunos son herbívoros y sólo comen plantas. Otros peces de agua dulce comen plantas, pero también cazan insectos o peces más pequeños. Muchos peces comen **plancton**, plantas y animales diminutos que flotan en lagos y océanos.

En el océano viven miles de tipos de peces. Algunos viven en cálidas aguas **tropicales**. Otros viven en frías aguas profundas. Los tiburones van de un lugar a otro. Las morenas y las mantas son peces que viven dentro o cerca de **arrecifes de coral** del océano.

El arrecife de coral está lleno de lugares para esconderse y encontrar alimento. Muchos peces encuentran alimento en los agujeros y grietas.

Cazadores hábiles

Todos los animales producen pequeñas
cantidades de electricidad. Como otros
peces, los tiburones tienen una **línea
lateral** en el costado del cuerpo y con
ella pueden sentir esta electricidad y
encontrar sus presas. Los tiburones
también tienen
un sentido
del olfato
excelente que
les permite
detectar el olor
de la sangre.

línea lateral

Pueden encontrar peces escondidos
en aguas turbias o bajo la arena.

Camuflaje

Muchos peces usan camuflaje
para ocultarse de sus presas.
El pez piedra tiene el cuerpo
parecido a las rocas o a otros
objetos naturales. A menudo,
los animales que viven debajo
del agua se posan sobre un pez
piedra sin notar que es un hambriento
depredador. Ciertos peces, como la platija
y la raya venenosa, tienen un cuerpo plano.
Se entierran en el fondo del océano, se
quedan quietos y esperan a que la presa
se acerque. Las rayas venenosas además
tienen una espina venenosa en la cola,
con la cual aturden a los peces.

*raya
venenosa*

Esta rana pone un largo gusano en su inmensa boca. No tiene dientes y por eso debe tragar entera su presa.

El alimento de los anfibios

Las ranas, los sapos y las salamandras son **anfibios**. Los anfibios comienzan su vida en el agua y pueden vivir tanto en el agua como en la tierra. La mayoría tiene una boca grande sin dientes, y traga su alimento entero. Todos los anfibios adultos son carnívoros. Comen cualquier animal que puedan tragar, como insectos, arañas, caracoles, babosas y lombrices. Las ranas grandes comen ratones, ratas, aves pequeñas y hasta ranas pequeñas.

Un lengüeteo

Las ranas y los sapos tienen un gran apetito. ¡Comen mucho! Sin embargo, cuando no pueden encontrar alimento, los anfibios pueden pasar mucho tiempo sin comer.

Las ranas y los sapos son muy hábiles para atrapar insectos voladores. Cuando ven un insecto, sacan su lengua pegajosa, lo atrapan y se lo meten en la boca. Muchas ranas usan sus fuertes patas para saltar fuera del agua y atrapar insectos que pasan volando.

Reptiles cazadores

Las serpientes, los lagartos y las tortugas son **reptiles**. Los reptiles tienen diferentes formas y tamaños, desde la diminuta salamanquesa hasta el enorme dragón de Komodo. Los reptiles encuentran alimento de muchas maneras. Algunos usan veneno, otros ahogan a sus presas y otros devoran animales en descomposición.

Hechos para cazar

Los camaleones tienen varias adaptaciones que los ayudan a encontrar y atrapar alimento. Puedan cambiar su aspecto para confundirse con el entorno. Se quedan quietos y sólo mueven los ojos para localizar sus presas. Cuando un insecto se acerca, el camaleón que se ve arriba saca su lengua pegajosa, lo atrapa y se lo mete en la boca.

Serpientes

Todas las serpientes son carnívoras. Las serpientes pequeñas comen presas pequeñas, y las mayores comen animales tan grandes como los antílopes. Las boas **constriñen** o aprietan a sus presas. La rodean con el cuerpo y tensan los músculos hasta que la presa deja de respirar.

Los sentidos de las serpientes

Las serpientes tienen sentidos agudos que las alertan cuando hay presas cerca. El cuerpo de una serpiente siente las vibraciones que producen los animales al moverse en el suelo. Unos **orificios sensibles al calor** ubicados en la cara de una serpiente, le permiten detectar el calor del cuerpo de otros animales. Algunas serpientes y lagartos tienen un **órgano de Jacobson** en el paladar, que pueden usar para identificar olores.

¡Qué dientes tan grandes tienes!

Las serpientes venenosas tienen dientes huecos y filosos llamados **colmillos**. Unas bolsas ubicadas en la cabeza de la serpiente liberan veneno en los colmillos. Cuando una serpiente muerde a su presa, el veneno pasa por los colmillos huecos hasta la herida. Algunos venenos de serpientes son tan poderosos que matan. Otras serpientes usan el veneno para paralizar a su presa y luego la comen viva mientras no puede moverse.

Las serpientes no mastican su alimento: lo tragan entero. La articulación de las mandíbulas les permite abrir la boca lo suficiente para tragar animales más grandes que ellas.

¡Quietos y al acecho!

Los cocodrilos y caimanes son cazadores pacientes. Yacen en el agua y sólo asoman los ojos, los oídos y los orificios nasales. Esperan a que los animales se acerquen a beber a la orilla y atacan desde el agua, para atrapar a sus presas con sus mandíbulas poderosas.

Para que dure la comida

Cuando detectan una presa, estos inmensos reptiles la voltean o arrastran bajo el agua y la ahogan. También pueden correr rápidamente hacia la tierra y perseguirla. Los cocodrilos y caimanes a menudo almacenan alimento debajo del agua. Un cocodrilo puede alimentarse con un solo antílope durante semanas.

El dragón de Komodo

El dragón de Komodo que se ve arriba a la derecha, usa sus agudos sentidos de la vista y el olfato para encontrar alimento. Como una serpiente, puede dislocar sus mandíbulas para tragar una presa grande, a veces de un solo bocado. Caza y mata animales, pero también come la carne en descomposición de animales muertos.

Tortugas grandes

La tortuga verde marina encuentra su alimento debajo del agua. En lugar de patas, esta tortuga tiene aletas, que son mucho mejores para nadar. A diferencia de otras tortugas, estas viajan largas distancias hasta el lugar donde se alimentan, donde se hacen un festín con peces. A veces, incluso comen aves.

¡Todo está en el pico!

El tejedor amarillo usa sus agudos sentidos de la vista y el olfato para atrapar un insecto.

Todas las aves tienen plumas, alas, un pico y dos patas. El cuerpo de un ave está adaptado al tipo de alimento que come. Por ejemplo, algunas aves tienen picos fuertes para romper y abrir frutos secos o semillas. Otras tienen picos largos y finos para beber el néctar de las flores.

A la caza de insectos

Muchas aves comen insectos. Tienen picos largos y angostos que funcionan como pinzas para sacar insectos del interior del tronco de los árboles o atraparlos en el aire. Para atrapar a sus presas, los papamoscas pueden cambiar de dirección rápidamente en pleno vuelo.

Caminar en el agua para comer

Las aves zancudas, como las avocetas y las garzas, tienen patas y picos largos y delgados. Las avocetas usan el pico para buscar mariscos y **larvas** de insectos en la arena o el barro. Las garzas se paran quietas en aguas más profundas y esperan hasta atrapar un pez con su pico largo.

Los colibríes baten sus alas muy rápidamente para mantenerse suspendidos en el aire, sobre las flores, y succionar el néctar.

avoceta

Aves de rapiña

Las **aves rapaces** como las águilas, los halcones y las lechuzas, tienen picos fuertes y ganchudos para destrozar sus presas. Estas aves son carnívoras. Tienen un cuerpo hecho para cazar. Las aves rapaces tienen una excelente vista que les permite ver una presa desde lo alto en el aire. Sus garras filosas son perfectas para atrapar una presa cuando se abaten sobre ella.

(arriba) Esta águila pescadora acaba de atrapar un pez y encontró un lugar alto para posarse y disfrutar su comida.

(derecha) Las lechuzas como esta se abaten desde lugares altos y atrapan ratones y aves pequeñas. Una familia de lechuzas puede comer 6000 ratones en un año.

Alimento para los mamíferos

Para la mayoría de los mamíferos, el primer alimento es la leche de la madre. Todos los mamíferos hembras tienen **glándulas mamarias** que producen leche para las crías. Los mamíferos adultos tienen diversas dietas. Algunos comen plantas, otros comen animales y otros comen plantas y animales.

Los pandas desraman. Prefieren comer tipos específicos de brotes de bambú. Cuando estas plantas no están disponibles, los pandas pueden morirse de hambre.

Los animales como los elefantes, los canguros y las cebras pasan la mayor parte del tiempo pastando hierbas y plantas pequeñas.

Los animales que desraman comen principalmente hojas de plantas. Las jirafas, los antílopes y los ciervos desraman.

Carnívoros y omnívoros

La mayoría de los carnívoros y omnívoros tienen garras o dientes filosos y mandíbulas fuertes para sujetar y destrozar el alimento. La velocidad también es importante cuando tratan de atrapar a sus presas. Los leones, los tigres, los linces, los guepardos y los pumas son felinos que usan su fuerza, velocidad y astucia. Persiguen a sus presas y saltan sobre ellas para derribarlas. Los leones y otros carnívoros, como los lobos, cooperan cuando cazan.

(arriba a la derecha) Algunos depredadores se lanzan sobre sus presas. (centro) Los depredadores atacan a los animales débiles o viejos de una manada y así las manadas se mantienen saludables. (abajo) Los grandes felinos como los tigres y los leones, tienen dientes caninos filosos para perforar la carne.

(derecha) Los omnívoros como los mapaches y algunos osos, comen casi todo lo que encuentran.

Ecolocación para encontrar alimento

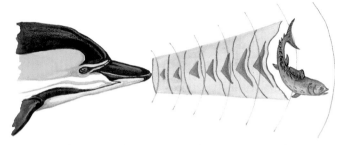

Los delfines y los murciélagos usan la ecolocación para encontrar alimento. En lugar de usar los ojos, usan ecos para encontrar objetos. Estos animales emiten sonidos agudos que rebotan en los objetos que están en su camino, lo que crea ecos. El animal siente los ecos y así sabe si el objeto que está delante es alimento, e incluso qué tipo de alimento es.

Una canción sorprendente

Las ballenas jorobadas que se ven abajo cazan juntas en una **manada**. La ballena líder canta una canción que asusta a los cardúmenes y los peces se agrupan. Entonces, las ballenas se lanzan al ataque en el agua y atrapan bocados de peces. Cada ballena tiene una función en este método de **caza cooperativa**.

¿Dónde están mis herramientas?

Algunos animales usan herramientas para encontrar o abrir el alimento. Las nutrias de mar usan rocas para levantar mariscos del fondo del océano y romper las valvas. Los chimpancés usan piedras para romper frutos secos. También usan palos como herramientas. Un chimpancé mete una ramita en un nido de insectos, un montículo de termitas, o en el suelo. Cuando saca el palo, hay insectos en él. Entonces, el chimpancé los come y lo intenta otra vez.

(abajo) Al milano de pecho negro le gusta comer huevos de emú, pero los huevos son muy grandes para levantarlos. Para abrirlos, el milano los rompe con una piedra.

Este chimpancé usa un palo para "pescar" alimento en un montículo de termitas.

¿Cómo encuentran alimento los humanos?

Los humanos comen muchas clases de alimentos para obtener los nutrientes que necesitan. Muchos son omnívoros.

Los humanos también son parte del reino animal. Comemos frutos, verduras, productos lácteos y carne. Algunos humanos son **vegetarianos** y no comen carne. En lugar de buscar su propio alimento, la mayoría de las personas depende de granjeros que cultivan frutos y verduras y crían animales. La gente luego compra estos alimentos en supermercados. Muchas personas, sin embargo, no tienen suficiente para comer. Puedes ayudar a combatir el hambre haciendo una donación a un banco local de alimentos o apoyando organizaciones como la UNICEF, que ayudan a alimentar a las personas. También puedes visitar el sitio www.thehungersite.com.

A diferencia de los animales, los humanos han aprendido a producir alimentos con el cultivo y la cría de animales, y siempre saben dónde encontrarlo. Los granjeros cultivan frutos y verduras y crían animales para obtener carne y productos lácteos. Nosotros compramos el alimento en tiendas.

Competir por el alimento

Los humanos pueden vivir en diferentes lugares, pero la mayoría de los demás animales, no. Cuando las personas despejan la tierra para construir casas, los animales que viven allí pierden su hogar. Si no tienen dónde vivir, comer y cuidar a sus crías, los animales no pueden sobrevivir.

Las selvas tropicales están desapareciendo porque zonas inmensas de árboles se talan y queman con el fin de crear más lugar para granjas. Cada año, miles de especies de animales y plantas quedan **extintos** o **en peligro de extinción**. En África, miles de acres de tierra virgen se ocupan para construir ciudades y granjas cada año. La pérdida de zonas de tierra virgen amenaza la vida de animales como los elefantes y los guepardos, que necesitan grandes zonas para moverse y encontrar alimento.

Donde hay personas...

Muchos animales tienen más suerte para encontrar alimento en hábitats humanos que en los hábitats propios. Los ciervos y los alces a menudo encuentran alimento en pueblos y ciudades. Los osos, las ratas y los mapaches encuentran alimento en cubos de basura. Los zorros y los coyotes se alimentan de animales domésticos. Las granjas atraen insectos, roedores y muchos otros animales. Incluso los animales grandes como los elefantes y los pumas, visitan las granjas buscando el alimento que no encuentran en otro lado.

Cada vez más, los humanos y otros animales deben competir por el alimento. Las organizaciones de protección de la vida silvestre, como el Fondo Mundial para la Naturaleza (*World Wildlife Fund*), pueden informarte sobre cómo puedes ayudar a salvar los hábitats de los animales.

Palabras para saber

acechar Vigilar a la presa en silencio y atentamente

adaptarse Cambiar para adecuarse a un nuevo hábitat

alimentación cooperativa (la) Trabajar juntos en un grupo para obtener alimento

antenas (las) Par de órganos sensoriales flexibles de la cabeza de un invertebrado, como los insectos

arrecife de coral (el) Zona del océano formada por coral vivo y esqueletos de coral muerto

camuflaje (el) Colores o marcas que le permiten a un animal ocultarse de sus enemigos

ecosistema (el) Comunidad de seres vivos conectados entre sí y con el entorno donde viven

energía (la) Fuerza física que se necesita para moverse y respirar

en peligro de extinción Expresión que describe a un ser vivo que se encuentra en peligro de extinguirse

exoesqueleto (el) Cubierta dura que cubre la parte externa del cuerpo de los invertebrados y los protege

extinto Palabra que describe a una planta o animal que ya no existe

glándula mamaria (la) Órgano de un mamífero hembra que produce leche para sus crías

huésped (el) Animal o planta donde vive un parásito

imitar Verse como otra cosa

invertebrado (el) Animal que no tiene columna vertebral

línea lateral (la) Línea de poros a ambos costados del cuerpo de un pez, que se usa para sentir las diferencias de profundidad y presión del agua

manada (la) Grupo de mamíferos marinos, como las ballenas

marino Palabra que describe a un animal que vive en el mar

nutrientes (los) Ingredientes del alimento que ayudan al desarrollo y crecimiento saludables

órgano de Jacobson (el) Órgano del gusto y del olfato que se encuentra en el paladar de ciertos reptiles

parásitos (los) Animales o insectos diminutos que viven en el cuerpo de otros animales o plantas

relación simbiótica (la) Relación íntima entre dos o más organismos de diferentes especies para beneficio de los dos

reptil (el) Vertebrado de sangre fría cubierto con escamas o placas espinosas

tropical Palabra que describe un clima cálido y húmedo

venenoso Palabra que describe animales que producen veneno

Índice

adaptación 4, 20, 24
anfibios 19
animales simples 8
arañas 14-15
aves 4, 7, 24-25, 29
cadenas alimentarias 5
camuflaje 6, 10, 15, 17, 29
carnívoros 5, 10, 19, 20, 25, 26, 27
carroñeros 5, 9, 11, 23
caza 10, 13, 14, 16, 17, 19, 20, 22, 23, 25

caza cooperativa 27, 28
depredadores 7, 17, 27
descomponedores 5
desramar 7, 26
ecolocación 7, 28
energía 4, 5, 6
herbívoros 5, 10, 12, 16, 26
herramientas 29
hibernación 6
humanos 30
lanzarse 14, 15, 27
leche 26

mamíferos 26-27
migración 7
omnívoros 5, 12, 26, 27, 30
oportunistas 5
órgano de Jacobson 21
parásitos 9, 12
pastar 7, 26
peces 16-17
picos 4, 24-25
presa 6, 7, 8, 10, 11, 14, 15, 17, 18, 20, 21, 22, 23, 24, 25, 27

ranas 18-19
rapaces 25
reptiles 20-23
saliva 12, 14
sentidos 6, 8, 12, 14, 17, 21, 23, 24, 25, 28
simbiosis 7
trampas 6, 8, 11, 14, 15
veneno 7, 14, 15, 17, 20, 21

Impreso en Canadá